CR
MC
NA
DNF
WTR
CAWPILE
SMUT
SUB
CA
OTP
WTR
NA
MC
CAWPILE
OTP
WTR

Dieses Buch gehört:

....

Falls gefunden, bitte zu mir zurückbringen:

....

....

Mein absolutes Lieblingsbuch und ich:

Anzahl der Bücher in meinem Bücherregal, bevor ich
dieses Buch angefangen habe: .... und danach: ....

Hi, ... !

Du liebst es, in fremde Welten abzutauchen,
du atmest am liebsten die Luft zwischen Buchdeckeln?
Gute Geschichten fesseln dich, lassen dich mitfühlen und mitfiebern
und entlassen dich schließlich in ein anhaltendes *Book Hangover*?

Dann freue ich mich, dass du deinen Weg zu mir gefunden hast!

Ich werde dich auf deiner Lesereise begleiten, auf neue Abenteuer,
in ferne Welten und zwischen romantisch-dramatische Beziehungen.
Ich werde dein Vertrauter sein, in den du all deine Gedanken,
die glücklichen wie die emotionalen, zu den gelesenen
Büchern notieren kannst.

Du kannst dich mir gegenüber ausheulen über den Frust,
wenn der nächste Band der Reihe erst in ein paar Monaten erscheint
(das ist das Schlimmste!). Du kannst mich überall hin mitnehmen
oder auch gut geschützt in deinem Bücherregal aufbewahren.
So hast du mich immer griffbereit, wenn du mal wieder
einen neuen Bücherschatz gefunden hast oder wenn du
Therapie zu einem gelesenen Buch brauchst – indem du alles
aus dir herausströmen lässt, die Gedanken und Gefühle, die Bilder!

In diesem Sinne: ganz viel Spaß beim Ausfüllen!

Dein Buchtagebuch

Meine gelesenen Bücher:

Mein SuB

Meine Leseziele

Dein SuB ist gesammelt, aber du willst ihn nicht nur abarbeiten. Da warten so viele Bücher darauf, von dir gelesen und geliebt zu werden. Hier kannst du eintragen, was du dir als Ziele vornehmen möchtest, während du dieses Buchjournal mit Geschichten und Gedanken füllst.

Das möchte ich in der Zeit, die es braucht, um dieses Buch zu füllen, schaffen:

Buch aus einem Genre, das ich noch nie gelesen habe

Buch mit einer dystopischen Liebesgeschichte

Buch-WuLi

Titel des Buches	Autor	Produktform (e-Book, gedrucktes Buch oder Hörbuch?)

Preis	Erscheinungs-termin	geschenkt oder selbst gekauft?	Buch erhalten?
			Ja ♡
			Ja ♡
			Ja ♡
			Ja ♡
			Ja ♡
			Ja ♡
			Ja ♡
			Ja ♡
			Ja ♡
			Ja ♡
			Ja ♡
			Ja ♡
			Ja ♡
			Ja ♡
			Ja ♡
			Ja ♡
			Ja ♡
			Ja ♡

Book Event List

Titel des Events	Datum	Wer kommt?

Mit wem gehe ich hin?

	Tickets besorgt?	Anreise geplant?	Signierslots gebucht?
....	Ja ♡	Ja ♡	Ja ♡
....	Ja ♡	Ja ♡	Ja ♡
....	Ja ♡	Ja ♡	Ja ♡
....	Ja ♡	Ja ♡	Ja ♡
....	Ja ♡	Ja ♡	Ja ♡
....	Ja ♡	Ja ♡	Ja ♡
....	Ja ♡	Ja ♡	Ja ♡
....	Ja ♡	Ja ♡	Ja ♡
....	Ja ♡	Ja ♡	Ja ♡
....	Ja ♡	Ja ♡	Ja ♡
....	Ja ♡	Ja ♡	Ja ♡
....	Ja ♡	Ja ♡	Ja ♡
....	Ja ♡	Ja ♡	Ja ♡
....	Ja ♡	Ja ♡	Ja ♡
....	Ja ♡	Ja ♡	Ja ♡
....	Ja ♡	Ja ♡	Ja ♡
....	Ja ♡	Ja ♡	Ja ♡
....	Ja ♡	Ja ♡	Ja ♡

Reading Tracker

Damit du immer mitverfolgen kannst, ob du deine Ziele geschafft, deinen SuB abgebaut und dadurch entspannte Lesezeit verbracht hast, markiere in diesem Reading Tracker die Anzahl deiner gelesenen Bücher pro Monat.

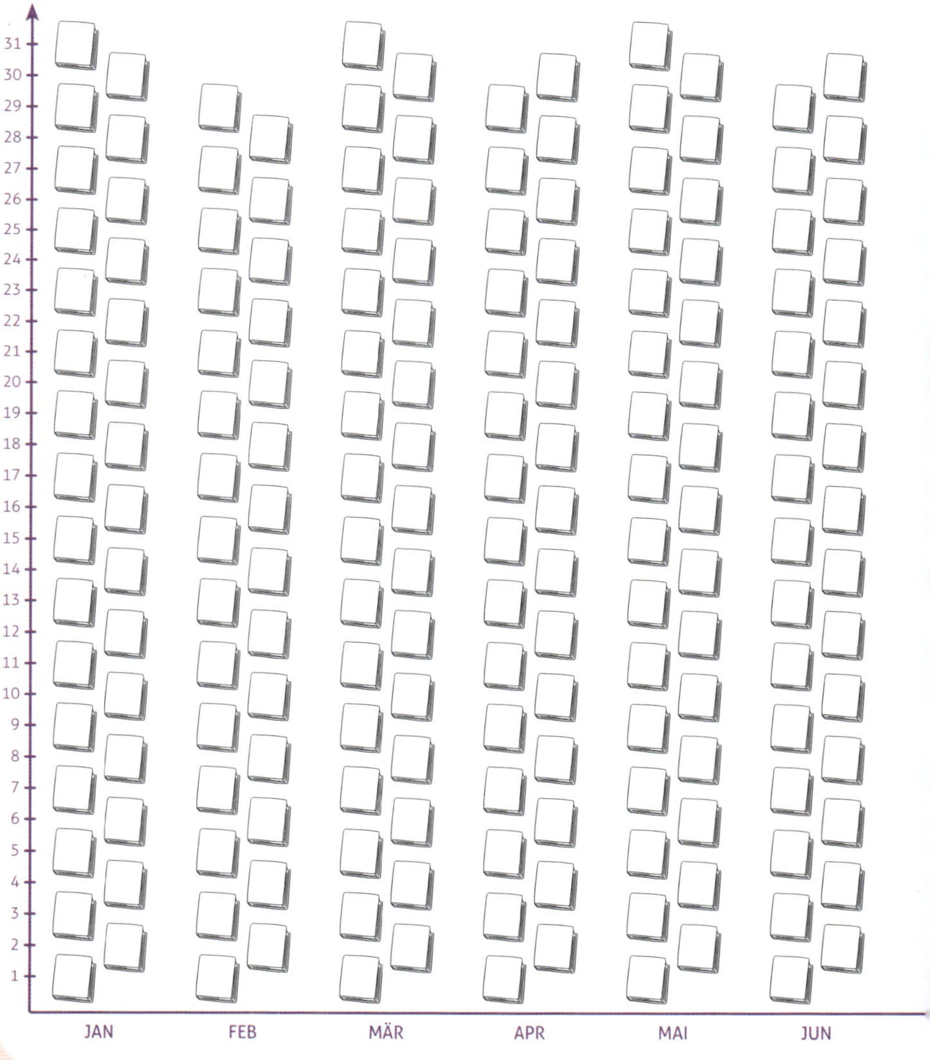

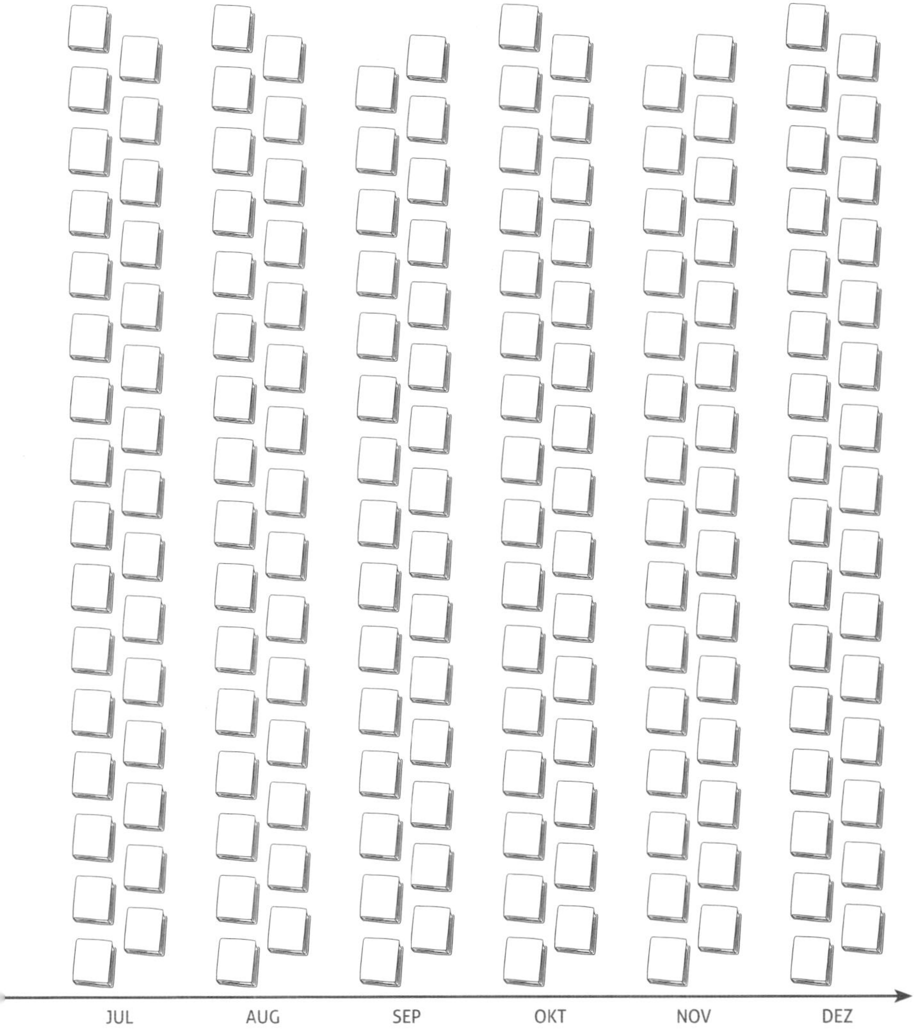
JUL
AUG
SEP
OKT
NOV
DEZ

Shelfie meiner *gelesenen Bücher* auf einen Blick

Titel:

Besonderheiten/Ausstattung:

- ♡ Farbschnitt
- ♡ signiert
- ♡ Character Cards
- ♡ Book Overlay
- ♡ ....
- ♡ ....

Characters/Charaktere	♡ ♡ ♡ ♡ ♡
Athmosphere/Setting	♡ ♡ ♡ ♡ ♡
Writing Style/Schreibstil	♡ ♡ ♡ ♡ ♡
Plot/Handlung	♡ ♡ ♡ ♡ ♡
Intrigue/Interesse	♡ ♡ ♡ ♡ ♡
Logic/Logik	♡ ♡ ♡ ♡ ♡
Enjoyment/Unterhaltung	♡ ♡ ♡ ♡ ♡

Wichtigstes Trope:

....

Autor:in:

....

Ist sie:er mein:e Auto-buy Author? Ja ☐ Nein ☐

Buch / E-Book / Hörbuch

♡ ♡ ♡

Spice-Grad:

Reihe/Band: ....

Verlag: ....

Begonnen: ....

Beendet: ....

Red/Green Flags:

- ....
- ....
- ....

Inhaltszusammenfassung in einem Satz:

....

....

Community, in der ich das Buch gelesen/gefunden habe:

- Buddy-Read mit: ....
- Bookstagram/BookTok: ....
- Lese-Challenge: ....
- ....

Meine Book-Hangover-Gedanken zum Buch:

Moodboard:

Meine Lieblingsfigur in einem Satz oder Zitat:

Ist das Buch plot- ☐ oder character-driven ☐ ?

SMUT / FTB

Bestes Ship:

Point of View:

Schönste Message des Buches:

Titel:

Wichtigstes Trope:

Autor:in:

Ist sie:er mein:e Auto-buy Author? Ja ☐ Nein ☐

Buch / E-Book / Hörbuch

Spice-Grad:

Reihe/Band:

Verlag:

Begonnen:

Beendet:

Red/Green Flags:

Besonderheiten/Ausstattung:

- Farbschnitt
- signiert
- Character Cards
- Book Overlay

Characters/Charaktere

Athmosphere/Setting

Writing Style/Schreibstil

Plot/Handlung

Intrigue/Interesse

Logic/Logik

Enjoyment/Unterhaltung

Inhaltszusammenfassung in einem Satz:

Community, in der ich das Buch gelesen/gefunden habe:

- Buddy-Read mit:
- Bookstagram/BookTok:
- Lese-Challenge:
-

Meine Book-Hangover-Gedanken zum Buch:

Moodboard:

Meine Lieblingsfigur in einem Satz oder Zitat:

Ist das Buch plot- ☐ oder character-driven ☐ ?

SMUT / FTB

♡ ♡

Bestes Ship:

Point of View:

Schönste Message des Buches:

Titel:

Besonderheiten/Ausstattung:

- Farbschnitt
- signiert
- Character Cards
- Book Overlay
-
-

Characters/Charaktere	
Athmosphere/Setting	
Writing Style/Schreibstil	
Plot/Handlung	
Intrigue/Interesse	
Logic/Logik	
Enjoyment/Unterhaltung	

Wichtigstes Trope:

Autor:in:

Ist sie:er mein:e Auto-buy Author? Ja ☐ Nein ☐

Buch / E-Book / Hörbuch

Spice-Grad:

Reihe/Band:

Verlag:

Begonnen:

Beendet:

Red/Green Flags:

Inhaltszusammenfassung in einem Satz:

Community, in der ich das Buch gelesen/gefunden habe:

- Buddy-Read mit:
- Bookstagram/BookTok:
- Lese-Challenge:
-

Meine Book-Hangover-Gedanken zum Buch:

Moodboard:

Meine Lieblingsfigur in einem Satz oder Zitat:

Ist das Buch plot- ☐ oder character-driven ☐ ?

SMUT / FTB

♡ ♡

Bestes Ship:

Point of View:

Schönste Message des Buches:

Titel:

Wichtigstes Trope:

Autor:in:

Ist sie:er mein:e Auto-buy Author? Ja ☐ Nein ☐

Buch / E-Book / Hörbuch

♡ ♡ ♡

Spice-Grad:

Reihe/Band:

Verlag:

Begonnen:

Beendet:

Red/Green Flags:

Besonderheiten/Ausstattung:

- ♡ Farbschnitt
- ♡ signiert
- ♡ Character Cards
- ♡ Book Overlay
- ♡
- ♡

Characters/Charaktere	♡ ♡ ♡ ♡ ♡
Athmosphere/Setting	♡ ♡ ♡ ♡ ♡
Writing Style/Schreibstil	♡ ♡ ♡ ♡ ♡
Plot/Handlung	♡ ♡ ♡ ♡ ♡
Intrigue/Interesse	♡ ♡ ♡ ♡ ♡
Logic/Logik	♡ ♡ ♡ ♡ ♡
Enjoyment/Unterhaltung	♡ ♡ ♡ ♡ ♡

Inhaltszusammenfassung in einem Satz:

Community, in der ich das Buch gelesen/gefunden habe:

- Buddy-Read mit:
- Bookstagram/BookTok:
- Lese-Challenge:
-

Meine Book-Hangover-Gedanken zum Buch:

Moodboard:

Meine Lieblingsfigur in einem Satz oder Zitat:

Ist das Buch plot- ☐ oder character-driven ☐ ?

SMUT / FTB

♡ ♡

Bestes Ship:

Point of View:

Schönste Message des Buches:

Titel:

Wichtigstes Trope:

Autor:in:

Ist sie:er mein:e Auto-buy Author? Ja ☐ Nein ☐

Buch / E-Book / Hörbuch

♡ ♡ ♡

Spice-Grad:

Reihe/Band:

Verlag:

Begonnen:

Beendet:

Red/Green Flags:

Besonderheiten/Ausstattung:

- ♡ Farbschnitt
- ♡ signiert
- ♡ Character Cards
- ♡ Book Overlay
- ♡
- ♡

Characters/Charaktere	♡ ♡ ♡ ♡ ♡
Athmosphere/Setting	♡ ♡ ♡ ♡ ♡
Writing Style/Schreibstil	♡ ♡ ♡ ♡ ♡
Plot/Handlung	♡ ♡ ♡ ♡ ♡
Intrigue/Interesse	♡ ♡ ♡ ♡ ♡
Logic/Logik	♡ ♡ ♡ ♡ ♡
Enjoyment/Unterhaltung	♡ ♡ ♡ ♡ ♡

Inhaltszusammenfassung in einem Satz:

Community, in der ich das Buch gelesen/gefunden habe:

- Buddy-Read mit:
- Bookstagram/BookTok:
- Lese-Challenge:
-

Meine Book-Hangover-Gedanken zum Buch:

Moodboard:

Meine Lieblingsfigur in einem Satz oder Zitat:

Ist das Buch plot- ☐ oder character-driven ☐ ?

SMUT / FTB

Bestes Ship:

Point of View:

Schönste Message des Buches:

Titel:

Wichtigstes Trope:

Autor:in:

Ist sie:er mein:e Auto-buy Author? Ja ☐ Nein ☐

Buch / E-Book / Hörbuch

Spice-Grad:

Reihe/Band:

Verlag:

Begonnen:

Beendet:

Red/Green Flags:

Besonderheiten/Ausstattung:

- Farbschnitt
- signiert
- Character Cards
- Book Overlay

Characters/Charaktere

Athmosphere/Setting

Writing Style/Schreibstil

Plot/Handlung

Intrigue/Interesse

Logic/Logik

Enjoyment/Unterhaltung

Inhaltszusammenfassung in einem Satz:

Community, in der ich das Buch gelesen/gefunden habe:

- Buddy-Read mit:
- Bookstagram/BookTok:
- Lese-Challenge:
-

Meine Book-Hangover-Gedanken zum Buch:

Moodboard:

Meine Lieblingsfigur in einem Satz oder Zitat:

Ist das Buch plot- ☐ oder character-driven ☐ ?

SMUT / FTB

♡ ♡

Bestes Ship:

Point of View:

Schönste Message des Buches:

Titel:

Wichtigstes Trope:

Autor:in:

Ist sie:er mein:e Auto-buy Author? Ja ☐ Nein ☐

Buch / E-Book / Hörbuch

Spice-Grad:

Reihe/Band:

Verlag:

Begonnen:

Beendet:

Red/Green Flags:

Besonderheiten/Ausstattung:

- Farbschnitt
- signiert
- Character Cards
- Book Overlay

Characters/Charaktere

Athmosphere/Setting

Writing Style/Schreibstil

Plot/Handlung

Intrigue/Interesse

Logic/Logik

Enjoyment/Unterhaltung

Inhaltszusammenfassung in einem Satz:

Community, in der ich das Buch gelesen/gefunden habe:

- Buddy-Read mit:
- Bookstagram/BookTok:
- Lese-Challenge:
-

Meine Book-Hangover-Gedanken zum Buch:

Moodboard:

Meine Lieblingsfigur in einem Satz oder Zitat:

Schönste Message des Buches:

Ist das Buch plot- ☐ oder character-driven ☐ ?

SMUT / FTB

♡ ♡

Bestes Ship:

Point of View:

Titel: ....

Wichtigstes Trope:

....

Autor:in:

....

Ist sie:er mein:e Auto-buy Author? Ja ☐ Nein ☐

Buch / E-Book / Hörbuch

♡ ♡ ♡

Spice-Grad:

Reihe/Band: ....

Verlag: ....

Begonnen: ....

Beendet: ....

Red/Green Flags:

- ....
- ....
- ....

Besonderheiten/Ausstattung:

- ♡ Farbschnitt
- ♡ signiert
- ♡ Character Cards
- ♡ Book Overlay
- ♡ ....
- ♡ ....

Characters/Charaktere	♡ ♡ ♡ ♡ ♡
Athmosphere/Setting	♡ ♡ ♡ ♡ ♡
Writing Style/Schreibstil	♡ ♡ ♡ ♡ ♡
Plot/Handlung	♡ ♡ ♡ ♡ ♡
Intrigue/Interesse	♡ ♡ ♡ ♡ ♡
Logic/Logik	♡ ♡ ♡ ♡ ♡
Enjoyment/Unterhaltung	♡ ♡ ♡ ♡ ♡

Inhaltszusammenfassung in einem Satz:

....

....

Community, in der ich das Buch gelesen/gefunden habe:

- Buddy-Read mit: ....
- Bookstagram/BookTok: ....
- Lese-Challenge: ....
- ....

Meine Book-Hangover-Gedanken zum Buch:

....

....

....

....

....

....

Moodboard:

Meine Lieblingsfigur in einem Satz oder Zitat:

....

....

....

Ist das Buch plot- ☐ oder character-driven ☐ ?

SMUT / FTB

♡ ♡

Bestes Ship: ....

Point of View: ....

Schönste Message des Buches:

....

....

....

....

....

....

....

....

Titel:

Wichtigstes Trope:

Autor:in:

Ist sie:er mein:e Auto-buy Author? Ja ☐ Nein ☐

Buch / E-Book / Hörbuch

Spice-Grad:

Reihe/Band:

Verlag:

Begonnen:

Beendet:

Red/Green Flags:

Besonderheiten/Ausstattung:

- Farbschnitt
- signiert
- Character Cards
- Book Overlay

Characters/Charaktere

Athmosphere/Setting

Writing Style/Schreibstil

Plot/Handlung

Intrigue/Interesse

Logic/Logik

Enjoyment/Unterhaltung

Inhaltszusammenfassung in einem Satz:

Community, in der ich das Buch gelesen/gefunden habe:

- Buddy-Read mit:
- Bookstagram/BookTok:
- Lese-Challenge:
-

Meine Book-Hangover-Gedanken zum Buch:

....

....

....

....

....

....

Moodboard:

Meine Lieblingsfigur in einem Satz oder Zitat:

....

....

....

Ist das Buch plot- ☐ oder character-driven ☐ ?

SMUT / FTB

♡ ♡

Bestes Ship: ....

Point of View: ....

Schönste Message des Buches:

....

....

....

....

....

....

....

....

Titel: ....

Wichtigstes Trope:

....

Autor:in:

....

Ist sie:er mein:e Auto-buy Author? Ja ☐ Nein ☐

Buch / E-Book / Hörbuch

♡ ♡ ♡

Spice-Grad:

Reihe/Band: ....

Verlag: ....

Begonnen: ....

Beendet: ....

Red/Green Flags:

- ....
- ....
- ....

Besonderheiten/Ausstattung:

- ♡ Farbschnitt
- ♡ signiert
- ♡ Character Cards
- ♡ Book Overlay
- ♡ ....
- ♡ ....

Characters/Charaktere	♡ ♡ ♡ ♡ ♡
Athmosphere/Setting	♡ ♡ ♡ ♡ ♡
Writing Style/Schreibstil	♡ ♡ ♡ ♡ ♡
Plot/Handlung	♡ ♡ ♡ ♡ ♡
Intrigue/Interesse	♡ ♡ ♡ ♡ ♡
Logic/Logik	♡ ♡ ♡ ♡ ♡
Enjoyment/Unterhaltung	♡ ♡ ♡ ♡ ♡

Inhaltszusammenfassung in einem Satz:

....

....

Community, in der ich das Buch gelesen/gefunden habe:

- Buddy-Read mit: ....
- Bookstagram/BookTok: ....
- Lese-Challenge: ....
- ....

Meine Book-Hangover-Gedanken zum Buch:

....

....

....

....

....

....

Moodboard:

Meine Lieblingsfigur in einem Satz oder Zitat:

....

....

....

Ist das Buch plot- ☐ oder character-driven ☐ ?

SMUT / FTB
♡ ♡

Bestes Ship: ....

Point of View: ....

Schönste Message des Buches:

....

....

....

....

....

....

....

....

Titel:

Wichtigstes Trope:

Autor:in:

Ist sie:er mein:e Auto-buy Author? Ja ☐ Nein ☐

Buch / E-Book / Hörbuch

Spice-Grad:

Reihe/Band:

Verlag:

Begonnen:

Beendet:

Red/Green Flags:

Besonderheiten/Ausstattung:

- Farbschnitt
- signiert
- Character Cards
- Book Overlay

Characters/Charaktere

Athmosphere/Setting

Writing Style/Schreibstil

Plot/Handlung

Intrigue/Interesse

Logic/Logik

Enjoyment/Unterhaltung

Inhaltszusammenfassung in einem Satz:

Community, in der ich das Buch gelesen/gefunden habe:

- Buddy-Read mit:
- Bookstagram/BookTok:
- Lese-Challenge:
-

Meine Book-Hangover-Gedanken zum Buch:

Moodboard:

Meine Lieblingsfigur in einem Satz oder Zitat:

Ist das Buch plot- ☐ oder character-driven ☐ ?

SMUT / FTB

♡ ♡

Bestes Ship:

Point of View:

Schönste Message des Buches:

Titel: ....

Wichtigstes Trope:

....

Autor:in:

....

Ist sie:er mein:e Auto-buy Author? Ja ☐ Nein ☐

Buch / E-Book / Hörbuch

♡ ♡ ♡

Spice-Grad: 🌶 🌶 🌶 🌶 🌶

Reihe/Band: ....

Verlag: ....

Begonnen: ....

Beendet: ....

Red/Green Flags:

⚐ ....

⚐ ....

⚐ ....

Besonderheiten/Ausstattung:

♡ Farbschnitt

♡ signiert

♡ Character Cards

♡ Book Overlay

♡ ....

♡ ....

Characters/Charaktere	♡ ♡ ♡ ♡ ♡
Athmosphere/Setting	♡ ♡ ♡ ♡ ♡
Writing Style/Schreibstil	♡ ♡ ♡ ♡ ♡
Plot/Handlung	♡ ♡ ♡ ♡ ♡
Intrigue/Interesse	♡ ♡ ♡ ♡ ♡
Logic/Logik	♡ ♡ ♡ ♡ ♡
Enjoyment/Unterhaltung	♡ ♡ ♡ ♡ ♡

Inhaltszusammenfassung in einem Satz:

....

....

Community, in der ich das Buch gelesen/gefunden habe:

- Buddy-Read mit: ....
- Bookstagram/BookTok: ....
- Lese-Challenge: ....
- ....

Meine Book-Hangover-Gedanken zum Buch:

Moodboard:

Meine Lieblingsfigur in einem Satz oder Zitat:

Ist das Buch plot- ☐ oder character-driven ☐ ?

SMUT / FTB

♡ ♡

Bestes Ship:

Point of View:

Schönste Message des Buches:

Titel: ...

Wichtigstes Trope:

...

Autor:in:

...

Ist sie:er mein:e Auto-buy Author? Ja ☐ Nein ☐

Buch / E-Book / Hörbuch

♡ ♡ ♡

Spice-Grad:

Reihe/Band: ...

Verlag: ...

Begonnen: ...

Beendet: ...

Red/Green Flags:

- ...
- ...
- ...

Besonderheiten/Ausstattung:

- ♡ Farbschnitt
- ♡ signiert
- ♡ Character Cards
- ♡ Book Overlay
- ♡ ...
- ♡ ...

Characters/Charaktere	♡ ♡ ♡ ♡ ♡
Athmosphere/Setting	♡ ♡ ♡ ♡ ♡
Writing Style/Schreibstil	♡ ♡ ♡ ♡ ♡
Plot/Handlung	♡ ♡ ♡ ♡ ♡
Intrigue/Interesse	♡ ♡ ♡ ♡ ♡
Logic/Logik	♡ ♡ ♡ ♡ ♡
Enjoyment/Unterhaltung	♡ ♡ ♡ ♡ ♡

Inhaltszusammenfassung in einem Satz:

...

...

Community, in der ich das Buch gelesen/gefunden habe:

- Buddy-Read mit: ...
- Bookstagram/BookTok: ...
- Lese-Challenge: ...
- ...

Meine Book-Hangover-Gedanken zum Buch:

Moodboard:

Meine Lieblingsfigur in einem Satz oder Zitat:

Ist das Buch plot- ☐ oder character-driven ☐ ?

SMUT / FTB

♡ ♡

Bestes Ship:

Point of View:

Schönste Message des Buches:

Titel: ....

Wichtigstes Trope:

....

Autor:in:

....

Ist sie:er mein:e Auto-buy Author? Ja ☐ Nein ☐

Buch / E-Book / Hörbuch

♡ ♡ ♡

Spice-Grad:

Reihe/Band: ....

Verlag: ....

Begonnen: ....

Beendet: ....

Red/Green Flags:

- ....
- ....
- ....

Besonderheiten/Ausstattung:

- ♡ Farbschnitt
- ♡ signiert
- ♡ Character Cards
- ♡ Book Overlay
- ♡ ....
- ♡ ....

Characters/Charaktere	♡ ♡ ♡ ♡ ♡
Athmosphere/Setting	♡ ♡ ♡ ♡ ♡
Writing Style/Schreibstil	♡ ♡ ♡ ♡ ♡
Plot/Handlung	♡ ♡ ♡ ♡ ♡
Intrigue/Interesse	♡ ♡ ♡ ♡ ♡
Logic/Logik	♡ ♡ ♡ ♡ ♡
Enjoyment/Unterhaltung	♡ ♡ ♡ ♡ ♡

Inhaltszusammenfassung in einem Satz:

....

....

Community, in der ich das Buch gelesen/gefunden habe:

- Buddy-Read mit: ....
- Bookstagram/BookTok: ....
- Lese-Challenge: ....
- ....

Meine Book-Hangover-Gedanken zum Buch:

Moodboard:

Meine Lieblingsfigur in einem Satz oder Zitat:

Ist das Buch plot- ☐ oder character-driven ☐ ?

SMUT / FTB

♡ ♡

Bestes Ship:

Point of View:

Schönste Message des Buches:

Titel: ....

Wichtigstes Trope:

....

Autor:in:

....

Ist sie:er mein:e Auto-buy Author? Ja ☐ Nein ☐

Buch / E-Book / Hörbuch
♡ ♡ ♡

Spice-Grad:

Reihe/Band: ....

Verlag: ....

Begonnen: ....

Beendet: ....

Red/Green Flags:

- ....
- ....
- ....

Besonderheiten/Ausstattung:

- ♡ Farbschnitt
- ♡ signiert
- ♡ Character Cards
- ♡ Book Overlay
- ♡ ....
- ♡ ....

Characters/Charaktere	♡ ♡ ♡ ♡ ♡
Athmosphere/Setting	♡ ♡ ♡ ♡ ♡
Writing Style/Schreibstil	♡ ♡ ♡ ♡ ♡
Plot/Handlung	♡ ♡ ♡ ♡ ♡
Intrigue/Interesse	♡ ♡ ♡ ♡ ♡
Logic/Logik	♡ ♡ ♡ ♡ ♡
Enjoyment/Unterhaltung	♡ ♡ ♡ ♡ ♡

Inhaltszusammenfassung in einem Satz:

....

....

Community, in der ich das Buch gelesen/gefunden habe:

- Buddy-Read mit: ....
- Bookstagram/BookTok: ....
- Lese-Challenge: ....
- ....

Meine Book-Hangover-Gedanken zum Buch:

Moodboard:

Meine Lieblingsfigur in einem Satz oder Zitat:

Schönste Message des Buches:

Ist das Buch plot- ☐ oder character-driven ☐ ?

SMUT / FTB

♡ ♡

Bestes Ship:

Point of View:

Titel: ....

Wichtigstes Trope:

....

Autor:in:

....

Ist sie:er mein:e Auto-buy Author? Ja ☐ Nein ☐

Buch / E-Book / Hörbuch
♡ ♡ ♡

Spice-Grad:

Reihe/Band: ....

Verlag: ....

Begonnen: ....

Beendet: ....

Red/Green Flags:

....

....

....

Besonderheiten/Ausstattung:

- ♡ Farbschnitt
- ♡ signiert
- ♡ Character Cards
- ♡ Book Overlay
- ♡ ....
- ♡ ....

Characters/Charaktere	♡ ♡ ♡ ♡ ♡
Athmosphere/Setting	♡ ♡ ♡ ♡ ♡
Writing Style/Schreibstil	♡ ♡ ♡ ♡ ♡
Plot/Handlung	♡ ♡ ♡ ♡ ♡
Intrigue/Interesse	♡ ♡ ♡ ♡ ♡
Logic/Logik	♡ ♡ ♡ ♡ ♡
Enjoyment/Unterhaltung	♡ ♡ ♡ ♡ ♡

Inhaltszusammenfassung in einem Satz:

....

....

Community, in der ich das Buch gelesen/gefunden habe:

- Buddy-Read mit: ....
- Bookstagram/BookTok: ....
- Lese-Challenge: ....
- ....

Meine Book-Hangover-Gedanken zum Buch:

Moodboard:

Meine Lieblingsfigur in einem Satz oder Zitat:

Ist das Buch plot- ☐ oder character-driven ☐ ?

SMUT / FTB

♡ ♡

Bestes Ship:

Point of View:

Schönste Message des Buches:

Titel:

Wichtigstes Trope:

Autor:in:

Ist sie:er mein:e Auto-buy Author? Ja ☐ Nein ☐

Buch / E-Book / Hörbuch

♡ ♡ ♡

Spice-Grad:

Reihe/Band:

Verlag:

Begonnen:

Beendet:

Red/Green Flags:

Besonderheiten/Ausstattung:

- ♡ Farbschnitt
- ♡ signiert
- ♡ Character Cards
- ♡ Book Overlay
- ♡
- ♡

Characters/Charaktere	♡ ♡ ♡ ♡ ♡
Athmosphere/Setting	♡ ♡ ♡ ♡ ♡
Writing Style/Schreibstil	♡ ♡ ♡ ♡ ♡
Plot/Handlung	♡ ♡ ♡ ♡ ♡
Intrigue/Interesse	♡ ♡ ♡ ♡ ♡
Logic/Logik	♡ ♡ ♡ ♡ ♡
Enjoyment/Unterhaltung	♡ ♡ ♡ ♡ ♡

Inhaltszusammenfassung in einem Satz:

Community, in der ich das Buch gelesen/gefunden habe:

- Buddy-Read mit:
- Bookstagram/BookTok:
- Lese-Challenge:
-

Meine Book-Hangover-Gedanken zum Buch:

....

....

....

....

....

....

Moodboard:

Meine Lieblingsfigur in einem Satz oder Zitat:

....

....

....

Ist das Buch plot- ☐ oder character-driven ☐ ?

SMUT / FTB

♡ ♡

Bestes Ship: ....

Point of View: ....

Schönste Message des Buches:

....

....

....

....

....

....

....

....

Titel: ....

Wichtigstes Trope:

....

Autor:in:

....

Ist sie:er mein:e Auto-buy Author? Ja ☐ Nein ☐

Buch / E-Book / Hörbuch

♡ ♡ ♡

Spice-Grad:

Reihe/Band: ....

Verlag: ....

Begonnen: ....

Beendet: ....

Red/Green Flags:

- ....
- ....
- ....

Besonderheiten/Ausstattung:

- ♡ Farbschnitt
- ♡ signiert
- ♡ Character Cards
- ♡ Book Overlay
- ♡ ....
- ♡ ....

Characters/Charaktere	♡ ♡ ♡ ♡ ♡
Athmosphere/Setting	♡ ♡ ♡ ♡ ♡
Writing Style/Schreibstil	♡ ♡ ♡ ♡ ♡
Plot/Handlung	♡ ♡ ♡ ♡ ♡
Intrigue/Interesse	♡ ♡ ♡ ♡ ♡
Logic/Logik	♡ ♡ ♡ ♡ ♡
Enjoyment/Unterhaltung	♡ ♡ ♡ ♡ ♡

Inhaltszusammenfassung in einem Satz:

....

....

Community, in der ich das Buch gelesen/gefunden habe:

- Buddy-Read mit: ....
- Bookstagram/BookTok: ....
- Lese-Challenge: ....
- ....

Meine Book-Hangover-Gedanken zum Buch:

Moodboard:

Meine Lieblingsfigur in einem Satz oder Zitat:

Ist das Buch plot- ☐ oder character-driven ☐ ?

SMUT / FTB

♡ ♡

Bestes Ship:

Point of View:

Schönste Message des Buches:

Titel: ....

Wichtigstes Trope:

....

Autor:in:

....

Ist sie:er mein:e Auto-buy Author? Ja ☐ Nein ☐

Buch / E-Book / Hörbuch

♡ ♡ ♡

Spice-Grad:

Reihe/Band: ....

Verlag: ....

Begonnen: ....

Beendet: ....

Red/Green Flags:

- ....
- ....
- ....

Besonderheiten/Ausstattung:

- ♡ Farbschnitt
- ♡ signiert
- ♡ Character Cards
- ♡ Book Overlay
- ♡ ....
- ♡ ....

Characters/Charaktere	♡ ♡ ♡ ♡ ♡
Athmosphere/Setting	♡ ♡ ♡ ♡ ♡
Writing Style/Schreibstil	♡ ♡ ♡ ♡ ♡
Plot/Handlung	♡ ♡ ♡ ♡ ♡
Intrigue/Interesse	♡ ♡ ♡ ♡ ♡
Logic/Logik	♡ ♡ ♡ ♡ ♡
Enjoyment/Unterhaltung	♡ ♡ ♡ ♡ ♡

Inhaltszusammenfassung in einem Satz:

....

....

Community, in der ich das Buch gelesen/gefunden habe:

- Buddy-Read mit: ....
- Bookstagram/BookTok: ....
- Lese-Challenge: ....
- ....

Meine Book-Hangover-Gedanken zum Buch:

Moodboard:

Meine Lieblingsfigur in einem Satz oder Zitat:

Schönste Message des Buches:

Ist das Buch plot- ☐ oder character-driven ☐ ?

SMUT / FTB

♡ ♡

Bestes Ship:

Point of View:

Titel: ....

Wichtigstes Trope:

....

Autor:in:

....

Ist sie:er mein:e Auto-buy Author? Ja ☐ Nein ☐

Buch / E-Book / Hörbuch

♡ ♡ ♡

Spice-Grad:

Reihe/Band: ....

Verlag: ....

Begonnen: ....

Beendet: ....

Red/Green Flags:

....

....

....

Besonderheiten/Ausstattung:

- ♡ Farbschnitt
- ♡ signiert
- ♡ Character Cards
- ♡ Book Overlay
- ♡ ....
- ♡ ....

Characters/Charaktere	♡ ♡ ♡ ♡ ♡
Athmosphere/Setting	♡ ♡ ♡ ♡ ♡
Writing Style/Schreibstil	♡ ♡ ♡ ♡ ♡
Plot/Handlung	♡ ♡ ♡ ♡ ♡
Intrigue/Interesse	♡ ♡ ♡ ♡ ♡
Logic/Logik	♡ ♡ ♡ ♡ ♡
Enjoyment/Unterhaltung	♡ ♡ ♡ ♡ ♡

Inhaltszusammenfassung in einem Satz:

....

....

Community, in der ich das Buch gelesen/gefunden habe:

- Buddy-Read mit: ....
- Bookstagram/BookTok: ....
- Lese-Challenge: ....
- ....

Meine Book-Hangover-Gedanken zum Buch:

Moodboard:

Meine Lieblingsfigur in einem Satz oder Zitat:

Ist das Buch plot- ☐ oder character-driven ☐ ?

SMUT / FTB
♡ ♡

Bestes Ship:

Point of View:

Schönste Message des Buches:

Titel: ....

Wichtigstes Trope:

....

Autor:in:

....

Ist sie:er mein:e Auto-buy Author? Ja ☐ Nein ☐

Buch / E-Book / Hörbuch

♡ ♡ ♡

Spice-Grad:

Reihe/Band: ....

Verlag: ....

Begonnen: ....

Beendet: ....

Red/Green Flags:

- ....
- ....
- ....

Besonderheiten/Ausstattung:

- ♡ Farbschnitt
- ♡ signiert
- ♡ Character Cards
- ♡ Book Overlay
- ♡ ....
- ♡ ....

Characters/Charaktere	♡ ♡ ♡ ♡ ♡
Athmosphere/Setting	♡ ♡ ♡ ♡ ♡
Writing Style/Schreibstil	♡ ♡ ♡ ♡ ♡
Plot/Handlung	♡ ♡ ♡ ♡ ♡
Intrigue/Interesse	♡ ♡ ♡ ♡ ♡
Logic/Logik	♡ ♡ ♡ ♡ ♡
Enjoyment/Unterhaltung	♡ ♡ ♡ ♡ ♡

Inhaltszusammenfassung in einem Satz:

....

....

Community, in der ich das Buch gelesen/gefunden habe:

- Buddy-Read mit: ....
- Bookstagram/BookTok: ....
- Lese-Challenge: ....
- ....

Meine Book-Hangover-Gedanken zum Buch:

Moodboard:

Meine Lieblingsfigur in einem Satz oder Zitat:

Ist das Buch plot- ☐ oder character-driven ☐ ?

SMUT / FTB

♡ ♡

Bestes Ship:

Point of View:

Schönste Message des Buches:

Titel:

Wichtigstes Trope:

Autor:in:

Ist sie:er mein:e Auto-buy Author? Ja ☐ Nein ☐

Buch / E-Book / Hörbuch

Spice-Grad:

Reihe/Band:

Verlag:

Begonnen:

Beendet:

Red/Green Flags:

Besonderheiten/Ausstattung:

- Farbschnitt
- signiert
- Character Cards
- Book Overlay
-
-

Characters/Charaktere	♡ ♡ ♡ ♡ ♡
Athmosphere/Setting	♡ ♡ ♡ ♡ ♡
Writing Style/Schreibstil	♡ ♡ ♡ ♡ ♡
Plot/Handlung	♡ ♡ ♡ ♡ ♡
Intrigue/Interesse	♡ ♡ ♡ ♡ ♡
Logic/Logik	♡ ♡ ♡ ♡ ♡
Enjoyment/Unterhaltung	♡ ♡ ♡ ♡ ♡

Inhaltszusammenfassung in einem Satz:

Community, in der ich das Buch gelesen/gefunden habe:

- Buddy-Read mit:
- Bookstagram/BookTok:
- Lese-Challenge:
-

Meine Book-Hangover-Gedanken zum Buch:

Moodboard:

Meine Lieblingsfigur in einem Satz oder Zitat:

Ist das Buch plot- ☐ oder character-driven ☐ ?

SMUT / FTB

♡ ♡

Bestes Ship:

Point of View:

Schönste Message des Buches:

Titel: ....

Wichtigstes Trope:

....

Autor:in:

....

Ist sie:er mein:e Auto-buy Author? Ja ☐ Nein ☐

Buch / E-Book / Hörbuch

Spice-Grad:

Reihe/Band: ....

Verlag: ....

Begonnen: ....

Beendet: ....

Red/Green Flags:

....

....

....

Besonderheiten/Ausstattung:

- Farbschnitt
- signiert
- Character Cards
- Book Overlay
- ....
- ....

Characters/Charaktere

Athmosphere/Setting

Writing Style/Schreibstil

Plot/Handlung

Intrigue/Interesse

Logic/Logik

Enjoyment/Unterhaltung

Inhaltszusammenfassung in einem Satz:

....

....

Community, in der ich das Buch gelesen/gefunden habe:

- Buddy-Read mit: ....
- Bookstagram/BookTok: ....
- Lese-Challenge: ....
- ....

Meine Book-Hangover-Gedanken zum Buch:

Moodboard:

Meine Lieblingsfigur in einem Satz oder Zitat:

Ist das Buch plot- ☐ oder character-driven ☐ ?

SMUT / FTB

♡ ♡

Bestes Ship:

Point of View:

Schönste Message des Buches:

Titel:

Wichtigstes Trope:

Autor:in:

Ist sie:er mein:e Auto-buy Author? Ja ☐ Nein ☐

Buch / E-Book / Hörbuch

Spice-Grad:

Reihe/Band:

Verlag:

Begonnen:

Beendet:

Red/Green Flags:

Besonderheiten/Ausstattung:

- Farbschnitt
- signiert
- Character Cards
- Book Overlay

Characters/Charaktere

Athmosphere/Setting

Writing Style/Schreibstil

Plot/Handlung

Intrigue/Interesse

Logic/Logik

Enjoyment/Unterhaltung

Inhaltszusammenfassung in einem Satz:

Community, in der ich das Buch gelesen/gefunden habe:

- Buddy-Read mit:
- Bookstagram/BookTok:
- Lese-Challenge:

Meine Book-Hangover-Gedanken zum Buch:

....

....

....

....

....

....

Moodboard:

Meine Lieblingsfigur in einem Satz oder Zitat:

....

....

....

Ist das Buch plot- ☐ oder character-driven ☐ ?

SMUT / FTB

♡ ♡

Bestes Ship: ....

Point of View: ....

Schönste Message des Buches:

....

....

....

....

....

....

....

....

Titel: ....

Wichtigstes Trope:

....

Autor:in:

....

Ist sie:er mein:e Auto-buy Author? Ja ☐ Nein ☐

Buch / E-Book / Hörbuch

♡ ♡ ♡

Spice-Grad:

Reihe/Band: ....

Verlag: ....

Begonnen: ....

Beendet: ....

Red/Green Flags:

- ....
- ....
- ....

Besonderheiten/Ausstattung:

- ♡ Farbschnitt
- ♡ signiert
- ♡ Character Cards
- ♡ Book Overlay
- ♡ ....
- ♡ ....

Characters/Charaktere	♡ ♡ ♡ ♡ ♡
Athmosphere/Setting	♡ ♡ ♡ ♡ ♡
Writing Style/Schreibstil	♡ ♡ ♡ ♡ ♡
Plot/Handlung	♡ ♡ ♡ ♡ ♡
Intrigue/Interesse	♡ ♡ ♡ ♡ ♡
Logic/Logik	♡ ♡ ♡ ♡ ♡
Enjoyment/Unterhaltung	♡ ♡ ♡ ♡ ♡

Inhaltszusammenfassung in einem Satz:

....

....

Community, in der ich das Buch gelesen/gefunden habe:

- Buddy-Read mit: ....
- Bookstagram/BookTok: ....
- Lese-Challenge: ....
- ....

Meine Book-Hangover-Gedanken zum Buch:

Moodboard:

Meine Lieblingsfigur in einem Satz oder Zitat:

Schönste Message des Buches:

Ist das Buch plot- ☐ oder character-driven ☐ ?

SMUT / FTB

♡ ♡

Bestes Ship:

Point of View:

Titel:

Wichtigstes Trope:

Autor:in:

Ist sie:er mein:e Auto-buy Author? Ja ☐ Nein ☐

Buch / E-Book / Hörbuch

Spice-Grad:

Reihe/Band:

Verlag:

Begonnen:

Beendet:

Red/Green Flags:

Besonderheiten/Ausstattung:

- Farbschnitt
- signiert
- Character Cards
- Book Overlay

Characters/Charaktere

Athmosphere/Setting

Writing Style/Schreibstil

Plot/Handlung

Intrigue/Interesse

Logic/Logik

Enjoyment/Unterhaltung

Inhaltszusammenfassung in einem Satz:

Community, in der ich das Buch gelesen/gefunden habe:

- Buddy-Read mit:
- Bookstagram/BookTok:
- Lese-Challenge:
-

Meine Book-Hangover-Gedanken zum Buch:

Moodboard:

Meine Lieblingsfigur in einem Satz oder Zitat:

Ist das Buch plot- ☐ oder character-driven ☐ ?

SMUT / FTB

♡ ♡

Bestes Ship:

Point of View:

Schönste Message des Buches:

Titel: ....

Wichtigstes Trope:

....

Autor:in:

....

Ist sie:er mein:e Auto-buy Author? Ja ☐ Nein ☐

Buch / E-Book / Hörbuch

♡ ♡ ♡

Spice-Grad:

Reihe/Band: ....

Verlag: ....

Begonnen: ....

Beendet: ....

Red/Green Flags:

- ....
- ....
- ....

Besonderheiten/Ausstattung:

- ♡ Farbschnitt
- ♡ signiert
- ♡ Character Cards
- ♡ Book Overlay
- ♡ ....
- ♡ ....

Characters/Charaktere	♡ ♡ ♡ ♡ ♡
Athmosphere/Setting	♡ ♡ ♡ ♡ ♡
Writing Style/Schreibstil	♡ ♡ ♡ ♡ ♡
Plot/Handlung	♡ ♡ ♡ ♡ ♡
Intrigue/Interesse	♡ ♡ ♡ ♡ ♡
Logic/Logik	♡ ♡ ♡ ♡ ♡
Enjoyment/Unterhaltung	♡ ♡ ♡ ♡ ♡

Inhaltszusammenfassung in einem Satz:

....

....

Community, in der ich das Buch gelesen/gefunden habe:

- Buddy-Read mit: ....
- Bookstagram/BookTok: ....
- Lese-Challenge: ....
- ....

Meine Book-Hangover-Gedanken zum Buch:

Moodboard:

Meine Lieblingsfigur in einem Satz oder Zitat:

Schönste Message des Buches:

Ist das Buch plot- ☐ oder character-driven ☐ ?

SMUT / FTB

♡ ♡

Bestes Ship:

Point of View:

Titel: ....

Wichtigstes Trope:

....

Autor:in:

....

Ist sie:er mein:e Auto-buy Author? Ja ☐ Nein ☐

Buch / E-Book / Hörbuch

♡ ♡ ♡

Spice-Grad:

Reihe/Band: ....

Verlag: ....

Begonnen: ....

Beendet: ....

Red/Green Flags:

- ....
- ....
- ....

Besonderheiten/Ausstattung:

- ♡ Farbschnitt
- ♡ signiert
- ♡ Character Cards
- ♡ Book Overlay
- ♡ ....
- ♡ ....

Characters/Charaktere	♡ ♡ ♡ ♡ ♡
Athmosphere/Setting	♡ ♡ ♡ ♡ ♡
Writing Style/Schreibstil	♡ ♡ ♡ ♡ ♡
Plot/Handlung	♡ ♡ ♡ ♡ ♡
Intrigue/Interesse	♡ ♡ ♡ ♡ ♡
Logic/Logik	♡ ♡ ♡ ♡ ♡
Enjoyment/Unterhaltung	♡ ♡ ♡ ♡ ♡

Inhaltszusammenfassung in einem Satz:

....

....

Community, in der ich das Buch gelesen/gefunden habe:

- Buddy-Read mit: ....
- Bookstagram/BookTok: ....
- Lese-Challenge: ....
- ....

Meine Book-Hangover-Gedanken zum Buch:

Moodboard:

Meine Lieblingsfigur in einem Satz oder Zitat:

Ist das Buch plot- ☐ oder character-driven ☐ ?

SMUT / FTB

♡ ♡

Bestes Ship:

Point of View:

Schönste Message des Buches:

Titel:

Wichtigstes Trope:

Autor:in:

Ist sie:er mein:e Auto-buy Author? Ja ☐ Nein ☐

Buch / E-Book / Hörbuch

Spice-Grad:

Reihe/Band:

Verlag:

Begonnen:

Beendet:

Red/Green Flags:

Besonderheiten/Ausstattung:

- Farbschnitt
- signiert
- Character Cards
- Book Overlay
-
-

Characters/Charaktere

Athmosphere/Setting

Writing Style/Schreibstil

Plot/Handlung

Intrigue/Interesse

Logic/Logik

Enjoyment/Unterhaltung

Inhaltszusammenfassung in einem Satz:

Community, in der ich das Buch gelesen/gefunden habe:

- Buddy-Read mit:
- Bookstagram/BookTok:
- Lese-Challenge:
-

Meine Book-Hangover-Gedanken zum Buch:

Moodboard:

Meine Lieblingsfigur in einem Satz oder Zitat:

Ist das Buch plot- ☐ oder character-driven ☐ ?

SMUT / FTB
♡ ♡

Bestes Ship:

Point of View:

Schönste Message des Buches:

Titel:

Wichtigstes Trope:

Autor:in:

Ist sie:er mein:e Auto-buy Author? Ja ☐ Nein ☐

Buch / E-Book / Hörbuch

Spice-Grad:

Reihe/Band:

Verlag:

Begonnen:

Beendet:

Red/Green Flags:

Besonderheiten/Ausstattung:

- Farbschnitt
- signiert
- Character Cards
- Book Overlay
-
-

Characters/Charaktere	♡ ♡ ♡ ♡ ♡
Athmosphere/Setting	♡ ♡ ♡ ♡ ♡
Writing Style/Schreibstil	♡ ♡ ♡ ♡ ♡
Plot/Handlung	♡ ♡ ♡ ♡ ♡
Intrigue/Interesse	♡ ♡ ♡ ♡ ♡
Logic/Logik	♡ ♡ ♡ ♡ ♡
Enjoyment/Unterhaltung	♡ ♡ ♡ ♡ ♡

Inhaltszusammenfassung in einem Satz:

Community, in der ich das Buch gelesen/gefunden habe:

- Buddy-Read mit:
- Bookstagram/BookTok:
- Lese-Challenge:
-

Meine Book-Hangover-Gedanken zum Buch:

Moodboard:

Meine Lieblingsfigur in einem Satz oder Zitat:

Ist das Buch plot- ☐ oder character-driven ☐ ?

SMUT / FTB

♡ ♡

Bestes Ship:

Point of View:

Schönste Message des Buches:

Titel: ……………………………………

Wichtigstes Trope:

……………………………………

Autor:in:

……………………………………

Ist sie:er mein:e Auto-buy Author? Ja ☐ Nein ☐

Buch / E-Book / Hörbuch

♡ ♡ ♡

Spice-Grad:

Reihe/Band: ……………………………………

Verlag: ……………………………………

Begonnen: ……………………………………

Beendet: ……………………………………

Red/Green Flags:

- ……………………………………
- ……………………………………
- ……………………………………

Besonderheiten/Ausstattung:

- ♡ Farbschnitt
- ♡ signiert
- ♡ Character Cards
- ♡ Book Overlay
- ♡ ……………………………………
- ♡ ……………………………………

Characters/Charaktere	♡ ♡ ♡ ♡ ♡
Athmosphere/Setting	♡ ♡ ♡ ♡ ♡
Writing Style/Schreibstil	♡ ♡ ♡ ♡ ♡
Plot/Handlung	♡ ♡ ♡ ♡ ♡
Intrigue/Interesse	♡ ♡ ♡ ♡ ♡
Logic/Logik	♡ ♡ ♡ ♡ ♡
Enjoyment/Unterhaltung	♡ ♡ ♡ ♡ ♡

Inhaltszusammenfassung in einem Satz:

……………………………………

……………………………………

Community, in der ich das Buch gelesen/gefunden habe:

- Buddy-Read mit: ……………………………………
- Bookstagram/BookTok: ……………………………………
- Lese-Challenge: ……………………………………
- ……………………………………

Meine Book-Hangover-Gedanken zum Buch:

Moodboard:

Meine Lieblingsfigur in einem Satz oder Zitat:

Schönste Message des Buches:

Ist das Buch plot- ☐ oder character-driven ☐ ?

SMUT / FTB

♡ ♡

Bestes Ship:

Point of View:

Titel: ....

Wichtigstes Trope:

....

Autor:in:

....

Ist sie:er mein:e Auto-buy Author? Ja ☐ Nein ☐

Buch / E-Book / Hörbuch

♡ ♡ ♡

Spice-Grad:

Reihe/Band: ....

Verlag: ....

Begonnen: ....

Beendet: ....

Red/Green Flags:

- ....
- ....
- ....

Besonderheiten/Ausstattung:

- ♡ Farbschnitt
- ♡ signiert
- ♡ Character Cards
- ♡ Book Overlay
- ♡ ....
- ♡ ....

Characters/Charaktere	♡ ♡ ♡ ♡ ♡
Athmosphere/Setting	♡ ♡ ♡ ♡ ♡
Writing Style/Schreibstil	♡ ♡ ♡ ♡ ♡
Plot/Handlung	♡ ♡ ♡ ♡ ♡
Intrigue/Interesse	♡ ♡ ♡ ♡ ♡
Logic/Logik	♡ ♡ ♡ ♡ ♡
Enjoyment/Unterhaltung	♡ ♡ ♡ ♡ ♡

Inhaltszusammenfassung in einem Satz:

....

....

Community, in der ich das Buch gelesen/gefunden habe:

- Buddy-Read mit: ....
- Bookstagram/BookTok: ....
- Lese-Challenge: ....
- ....

Meine Book-Hangover-Gedanken zum Buch:

Moodboard:

Meine Lieblingsfigur in einem Satz oder Zitat:

Ist das Buch plot- ☐ oder character-driven ☐ ?

SMUT / FTB

♡ ♡

Bestes Ship:

Point of View:

Schönste Message des Buches:

Titel:

Wichtigstes Trope:

Autor:in:

Ist sie:er mein:e Auto-buy Author? Ja ☐ Nein ☐

Buch / E-Book / Hörbuch

Spice-Grad:

Reihe/Band:

Verlag:

Begonnen:

Beendet:

Red/Green Flags:

Besonderheiten/Ausstattung:

- Farbschnitt
- signiert
- Character Cards
- Book Overlay
-
-

Characters/Charaktere

Athmosphere/Setting

Writing Style/Schreibstil

Plot/Handlung

Intrigue/Interesse

Logic/Logik

Enjoyment/Unterhaltung

Inhaltszusammenfassung in einem Satz:

Community, in der ich das Buch gelesen/gefunden habe:

- Buddy-Read mit:
- Bookstagram/BookTok:
- Lese-Challenge:
-

Meine Book-Hangover-Gedanken zum Buch:

Moodboard:

Meine Lieblingsfigur in einem Satz oder Zitat:

Schönste Message des Buches:

Ist das Buch plot- ☐ oder character-driven ☐ ?

SMUT / FTB

Bestes Ship:

Point of View:

Titel:

Wichtigstes Trope:

Autor:in:

Ist sie:er mein:e Auto-buy Author? Ja ☐ Nein ☐

Buch / E-Book / Hörbuch

Spice-Grad:

Reihe/Band:

Verlag:

Begonnen:

Beendet:

Red/Green Flags:

Besonderheiten/Ausstattung:

- Farbschnitt
- signiert
- Character Cards
- Book Overlay
-
-

Characters/Charaktere

Athmosphere/Setting

Writing Style/Schreibstil

Plot/Handlung

Intrigue/Interesse

Logic/Logik

Enjoyment/Unterhaltung

Inhaltszusammenfassung in einem Satz:

Community, in der ich das Buch gelesen/gefunden habe:

- Buddy-Read mit:
- Bookstagram/BookTok:
- Lese-Challenge:
-

Meine Book-Hangover-Gedanken zum Buch:

Moodboard:

Meine Lieblingsfigur in einem Satz oder Zitat:

Ist das Buch plot- ☐ oder character-driven ☐ ?

SMUT / FTB

♡ ♡

Bestes Ship:

Point of View:

Schönste Message des Buches:

Titel:

Wichtigstes Trope:

Autor:in:

Ist sie:er mein:e Auto-buy Author? Ja ☐ Nein ☐

Buch / E-Book / Hörbuch

Spice-Grad:

Reihe/Band:

Verlag:

Begonnen:

Beendet:

Red/Green Flags:

Besonderheiten/Ausstattung:

- Farbschnitt
- signiert
- Character Cards
- Book Overlay
-
-

Characters/Charaktere

Athmosphere/Setting

Writing Style/Schreibstil

Plot/Handlung

Intrigue/Interesse

Logic/Logik

Enjoyment/Unterhaltung

Inhaltszusammenfassung in einem Satz:

Community, in der ich das Buch gelesen/gefunden habe:

- Buddy-Read mit:
- Bookstagram/BookTok:
- Lese-Challenge:
-

Meine Book-Hangover-Gedanken zum Buch:

Moodboard:

Meine Lieblingsfigur in einem Satz oder Zitat:

Ist das Buch plot- ☐ oder character-driven ☐ ?

SMUT / FTB

♡ ♡

Bestes Ship:

Point of View:

Schönste Message des Buches:

Titel:

Wichtigstes Trope:

Autor:in:

Ist sie:er mein:e Auto-buy Author? Ja ☐ Nein ☐

Buch / E-Book / Hörbuch

Spice-Grad:

Reihe/Band:

Verlag:

Begonnen:

Beendet:

Red/Green Flags:

Besonderheiten/Ausstattung:

- Farbschnitt
- signiert
- Character Cards
- Book Overlay

Characters/Charaktere

Athmosphere/Setting

Writing Style/Schreibstil

Plot/Handlung

Intrigue/Interesse

Logic/Logik

Enjoyment/Unterhaltung

Inhaltszusammenfassung in einem Satz:

Community, in der ich das Buch gelesen/gefunden habe:

- Buddy-Read mit:
- Bookstagram/BookTok:
- Lese-Challenge:
-

Meine Book-Hangover-Gedanken zum Buch:

Moodboard:

Meine Lieblingsfigur in einem Satz oder Zitat:

Ist das Buch plot- ☐ oder character-driven ☐ ?

SMUT / FTB

♡ ♡

Bestes Ship:

Point of View:

Schönste Message des Buches:

Titel: ....

Wichtigstes Trope:

....

Autor:in:

....

Ist sie:er mein:e Auto-buy Author? Ja ☐ Nein ☐

Buch / E-Book / Hörbuch

Spice-Grad:

Reihe/Band: ....

Verlag: ....

Begonnen: ....

Beendet: ....

Red/Green Flags:

....

....

....

Besonderheiten/Ausstattung:

- Farbschnitt
- signiert
- Character Cards
- Book Overlay
- ....
- ....

Characters/Charaktere

Athmosphere/Setting

Writing Style/Schreibstil

Plot/Handlung

Intrigue/Interesse

Logic/Logik

Enjoyment/Unterhaltung

Inhaltszusammenfassung in einem Satz:

....

....

Community, in der ich das Buch gelesen/gefunden habe:

- Buddy-Read mit: ....
- Bookstagram/BookTok: ....
- Lese-Challenge: ....
- ....

Meine Book-Hangover-Gedanken zum Buch:

Moodboard:

Meine Lieblingsfigur in einem Satz oder Zitat:

Ist das Buch plot- ☐ oder character-driven ☐ ?

SMUT / FTB

♡ ♡

Bestes Ship:

Point of View:

Schönste Message des Buches:

Titel: ....

Wichtigstes Trope:

....

Autor:in:

....

Ist sie:er mein:e Auto-buy Author? Ja ☐ Nein ☐

Buch / E-Book / Hörbuch
♡ ♡ ♡

Spice-Grad: 🌶 🌶 🌶 🌶 🌶

Reihe/Band: ....

Verlag: ....

Begonnen: ....

Beendet: ....

Red/Green Flags:

- ....
- ....
- ....

Besonderheiten/Ausstattung:

- ♡ Farbschnitt
- ♡ signiert
- ♡ Character Cards
- ♡ Book Overlay
- ♡ ....
- ♡ ....

Characters/Charaktere	♡ ♡ ♡ ♡ ♡
Athmosphere/Setting	♡ ♡ ♡ ♡ ♡
Writing Style/Schreibstil	♡ ♡ ♡ ♡ ♡
Plot/Handlung	♡ ♡ ♡ ♡ ♡
Intrigue/Interesse	♡ ♡ ♡ ♡ ♡
Logic/Logik	♡ ♡ ♡ ♡ ♡
Enjoyment/Unterhaltung	♡ ♡ ♡ ♡ ♡

Inhaltszusammenfassung in einem Satz:

....

....

Community, in der ich das Buch gelesen/gefunden habe:

- Buddy-Read mit: ....
- Bookstagram/BookTok: ....
- Lese-Challenge: ....
- ....

Meine Book-Hangover-Gedanken zum Buch:

Moodboard:

Meine Lieblingsfigur in einem Satz oder Zitat:

Ist das Buch plot- ☐ oder character-driven ☐ ?

SMUT / FTB

♡ ♡

Bestes Ship:

Point of View:

Schönste Message des Buches:

Titel: ....

Wichtigstes Trope:

....

Autor:in:

....

Ist sie:er mein:e Auto-buy Author? Ja ☐ Nein ☐

Buch / E-Book / Hörbuch

♡ ♡ ♡

Spice-Grad:

Reihe/Band: ....

Verlag: ....

Begonnen: ....

Beendet: ....

Red/Green Flags:

- ....
- ....
- ....

Besonderheiten/Ausstattung:

- ♡ Farbschnitt
- ♡ signiert
- ♡ Character Cards
- ♡ Book Overlay
- ♡ ....
- ♡ ....

Characters/Charaktere	♡ ♡ ♡ ♡ ♡
Athmosphere/Setting	♡ ♡ ♡ ♡ ♡
Writing Style/Schreibstil	♡ ♡ ♡ ♡ ♡
Plot/Handlung	♡ ♡ ♡ ♡ ♡
Intrigue/Interesse	♡ ♡ ♡ ♡ ♡
Logic/Logik	♡ ♡ ♡ ♡ ♡
Enjoyment/Unterhaltung	♡ ♡ ♡ ♡ ♡

Inhaltszusammenfassung in einem Satz:

....

....

Community, in der ich das Buch gelesen/gefunden habe:

- Buddy-Read mit: ....
- Bookstagram/BookTok: ....
- Lese-Challenge: ....
- ....

Meine Book-Hangover-Gedanken zum Buch:

Moodboard:

Meine Lieblingsfigur in einem Satz oder Zitat:

Schönste Message des Buches:

Ist das Buch plot- ☐ oder character-driven ☐ ?

SMUT / FTB

♡ ♡

Bestes Ship:

Point of View:

Titel: ……………………………………………………

Wichtigstes Trope:

……………………………………………………

Autor:in:

……………………………………………………

Ist sie:er mein:e Auto-buy Author? Ja ☐ Nein ☐

Buch / E-Book / Hörbuch

♡ ♡ ♡

Spice-Grad:

Reihe/Band: ……………………………………………………

Verlag: ……………………………………………………

Begonnen: ……………………………………………………

Beendet: ……………………………………………………

Red/Green Flags:

- ……………………………………………………
- ……………………………………………………
- ……………………………………………………

Besonderheiten/Ausstattung:

- ♡ Farbschnitt
- ♡ signiert
- ♡ Character Cards
- ♡ Book Overlay
- ♡ ……………………………………………………
- ♡ ……………………………………………………

Characters/Charaktere	♡ ♡ ♡ ♡ ♡
Athmosphere/Setting	♡ ♡ ♡ ♡ ♡
Writing Style/Schreibstil	♡ ♡ ♡ ♡ ♡
Plot/Handlung	♡ ♡ ♡ ♡ ♡
Intrigue/Interesse	♡ ♡ ♡ ♡ ♡
Logic/Logik	♡ ♡ ♡ ♡ ♡
Enjoyment/Unterhaltung	♡ ♡ ♡ ♡ ♡

Inhaltszusammenfassung in einem Satz:

……………………………………………………

……………………………………………………

Community, in der ich das Buch gelesen/gefunden habe:

- Buddy-Read mit: ……………………………………………………
- Bookstagram/BookTok: ……………………………………………………
- Lese-Challenge: ……………………………………………………
- ……………………………………………………

Meine Book-Hangover-Gedanken zum Buch:

Moodboard:

Meine Lieblingsfigur in einem Satz oder Zitat:

Ist das Buch plot- ☐ oder character-driven ☐ ?

SMUT / FTB

♡ ♡

Bestes Ship:

Point of View:

Schönste Message des Buches:

Titel:

Wichtigstes Trope:

Autor:in:

Ist sie:er mein:e Auto-buy Author? Ja ☐ Nein ☐

Buch / E-Book / Hörbuch

Spice-Grad:

Reihe/Band:

Verlag:

Begonnen:

Beendet:

Red/Green Flags:

Besonderheiten/Ausstattung:

- Farbschnitt
- signiert
- Character Cards
- Book Overlay

Characters/Charaktere

Athmosphere/Setting

Writing Style/Schreibstil

Plot/Handlung

Intrigue/Interesse

Logic/Logik

Enjoyment/Unterhaltung

Inhaltszusammenfassung in einem Satz:

Community, in der ich das Buch gelesen/gefunden habe:

- Buddy-Read mit:
- Bookstagram/BookTok:
- Lese-Challenge:
-

Meine Book-Hangover-Gedanken zum Buch:

Moodboard:

Meine Lieblingsfigur in einem Satz oder Zitat:

Ist das Buch plot- ☐ oder character-driven ☐ ?

SMUT / FTB

♡ ♡

Bestes Ship:

Point of View:

Schönste Message des Buches:

Titel: ....

Wichtigstes Trope:

....

Autor:in:

....

Ist sie:er mein:e Auto-buy Author? Ja ☐ Nein ☐

Buch / E-Book / Hörbuch

♡ ♡ ♡

Spice-Grad:

Reihe/Band: ....

Verlag: ....

Begonnen: ....

Beendet: ....

Red/Green Flags:

- ....
- ....
- ....

Besonderheiten/Ausstattung:

- ♡ Farbschnitt
- ♡ signiert
- ♡ Character Cards
- ♡ Book Overlay
- ♡ ....
- ♡ ....

Characters/Charaktere	♡ ♡ ♡ ♡ ♡
Athmosphere/Setting	♡ ♡ ♡ ♡ ♡
Writing Style/Schreibstil	♡ ♡ ♡ ♡ ♡
Plot/Handlung	♡ ♡ ♡ ♡ ♡
Intrigue/Interesse	♡ ♡ ♡ ♡ ♡
Logic/Logik	♡ ♡ ♡ ♡ ♡
Enjoyment/Unterhaltung	♡ ♡ ♡ ♡ ♡

Inhaltszusammenfassung in einem Satz:

....

....

Community, in der ich das Buch gelesen/gefunden habe:

- Buddy-Read mit: ....
- Bookstagram/BookTok: ....
- Lese-Challenge: ....
- ....

Meine Book-Hangover-Gedanken zum Buch:

Moodboard:

Meine Lieblingsfigur in einem Satz oder Zitat:

Ist das Buch plot- ☐ oder character-driven ☐ ?

SMUT / FTB

♡ ♡

Bestes Ship:

Point of View:

Schönste Message des Buches:

Titel:

Wichtigstes Trope:

Autor:in:

Ist sie:er mein:e Auto-buy Author? Ja ☐ Nein ☐

Buch / E-Book / Hörbuch

Spice-Grad:

Reihe/Band:

Verlag:

Begonnen:

Beendet:

Red/Green Flags:

Besonderheiten/Ausstattung:

- Farbschnitt
- signiert
- Character Cards
- Book Overlay

Characters/Charaktere

Athmosphere/Setting

Writing Style/Schreibstil

Plot/Handlung

Intrigue/Interesse

Logic/Logik

Enjoyment/Unterhaltung

Inhaltszusammenfassung in einem Satz:

Community, in der ich das Buch gelesen/gefunden habe:

- Buddy-Read mit:
- Bookstagram/BookTok:
- Lese-Challenge:
-

Meine Book-Hangover-Gedanken zum Buch:

Moodboard:

Meine Lieblingsfigur in einem Satz oder Zitat:

Schönste Message des Buches:

Ist das Buch plot- ☐ oder character-driven ☐ ?

SMUT / FTB

♡ ♡

Bestes Ship:

Point of View:

Titel: ....

Wichtigstes Trope: ....

Autor:in: ....

Ist sie:er mein:e Auto-buy Author? Ja ☐ Nein ☐

Buch / E-Book / Hörbuch
♡ ♡ ♡

Spice-Grad:

Reihe/Band: ....

Verlag: ....

Begonnen: ....

Beendet: ....

Red/Green Flags:

- ....
- ....
- ....

Besonderheiten/Ausstattung:

- ♡ Farbschnitt
- ♡ signiert
- ♡ Character Cards
- ♡ Book Overlay
- ♡ ....
- ♡ ....

Characters/Charaktere	♡ ♡ ♡ ♡ ♡
Athmosphere/Setting	♡ ♡ ♡ ♡ ♡
Writing Style/Schreibstil	♡ ♡ ♡ ♡ ♡
Plot/Handlung	♡ ♡ ♡ ♡ ♡
Intrigue/Interesse	♡ ♡ ♡ ♡ ♡
Logic/Logik	♡ ♡ ♡ ♡ ♡
Enjoyment/Unterhaltung	♡ ♡ ♡ ♡ ♡

Inhaltszusammenfassung in einem Satz:

....

....

Community, in der ich das Buch gelesen/gefunden habe:

- Buddy-Read mit: ....
- Bookstagram/BookTok: ....
- Lese-Challenge: ....
- ....

Meine Book-Hangover-Gedanken zum Buch:

Moodboard:

Meine Lieblingsfigur in einem Satz oder Zitat:

Ist das Buch plot- ☐ oder character-driven ☐ ?

SMUT / FTB

♡ ♡

Bestes Ship:

Point of View:

Schönste Message des Buches:

Titel: ....

Wichtigstes Trope:

....

Autor:in:

....

Ist sie:er mein:e Auto-buy Author? Ja ☐ Nein ☐

Buch / E-Book / Hörbuch

♡ ♡ ♡

Spice-Grad:

Reihe/Band: ....

Verlag: ....

Begonnen: ....

Beendet: ....

Red/Green Flags:

- ....
- ....
- ....

Besonderheiten/Ausstattung:

- ♡ Farbschnitt
- ♡ signiert
- ♡ Character Cards
- ♡ Book Overlay
- ♡ ....
- ♡ ....

Characters/Charaktere	♡ ♡ ♡ ♡ ♡
Athmosphere/Setting	♡ ♡ ♡ ♡ ♡
Writing Style/Schreibstil	♡ ♡ ♡ ♡ ♡
Plot/Handlung	♡ ♡ ♡ ♡ ♡
Intrigue/Interesse	♡ ♡ ♡ ♡ ♡
Logic/Logik	♡ ♡ ♡ ♡ ♡
Enjoyment/Unterhaltung	♡ ♡ ♡ ♡ ♡

Inhaltszusammenfassung in einem Satz:

....

....

Community, in der ich das Buch gelesen/gefunden habe:

- Buddy-Read mit: ....
- Bookstagram/BookTok: ....
- Lese-Challenge: ....
- ....

Meine Book-Hangover-Gedanken zum Buch:

Moodboard:

Meine Lieblingsfigur in einem Satz oder Zitat:

Schönste Message des Buches:

Ist das Buch plot- ☐ oder character-driven ☐ ?

SMUT / FTB

♡ ♡

Bestes Ship:

Point of View:

Titel: ....

Wichtigstes Trope:

....

Autor:in:

....

Ist sie:er mein:e Auto-buy Author? Ja ☐ Nein ☐

Besonderheiten/Ausstattung:

- ♡ Farbschnitt
- ♡ signiert
- ♡ Character Cards
- ♡ Book Overlay
- ♡ ....
- ♡ ....

Characters/Charaktere	♡ ♡ ♡ ♡ ♡
Athmosphere/Setting	♡ ♡ ♡ ♡ ♡
Writing Style/Schreibstil	♡ ♡ ♡ ♡ ♡
Plot/Handlung	♡ ♡ ♡ ♡ ♡
Intrigue/Interesse	♡ ♡ ♡ ♡ ♡
Logic/Logik	♡ ♡ ♡ ♡ ♡
Enjoyment/Unterhaltung	♡ ♡ ♡ ♡ ♡

Buch / E-Book / Hörbuch
♡ ♡ ♡

Spice-Grad:

Reihe/Band: ....

Verlag: ....

Begonnen: ....

Beendet: ....

Red/Green Flags:

- ....
- ....
- ....

Inhaltszusammenfassung in einem Satz:

....

....

Community, in der ich das Buch gelesen/gefunden habe:

- Buddy-Read mit: ....
- Bookstagram/BookTok: ....
- Lese-Challenge: ....
- ....

Meine Book-Hangover-Gedanken zum Buch:

Moodboard:

Meine Lieblingsfigur in einem Satz oder Zitat:

Ist das Buch plot- ☐ oder character-driven ☐ ?

SMUT / FTB
♡ ♡

Bestes Ship:

Point of View:

Schönste Message des Buches:

Titel: ....

Wichtigstes Tope:

....

Autor:in:

....

Ist sie:er mein:e Auto-buy Author? Ja ☐ Nein ☐

Buch / E-Book / Hörbuch

♡ ♡ ♡

Spice-Grad:

Reihe/Band: ....

Verlag: ....

Begonnen: ....

Beendet: ....

Red/Green Flags:

- ....
- ....
- ....

Besonderheiten/Ausstattung:

- ♡ Farbschnitt
- ♡ signiert
- ♡ Character Cards
- ♡ Book Overlay
- ♡ ....
- ♡ ....

Characters/Charaktere	♡ ♡ ♡ ♡ ♡
Athmosphere/Setting	♡ ♡ ♡ ♡ ♡
Writing Style/Schreibstil	♡ ♡ ♡ ♡ ♡
Plot/Handlung	♡ ♡ ♡ ♡ ♡
Intrigue/Interesse	♡ ♡ ♡ ♡ ♡
Logic/Logik	♡ ♡ ♡ ♡ ♡
Enjoyment/Unterhaltung	♡ ♡ ♡ ♡ ♡

Inhaltszusammenfassung in einem Satz:

....

....

Community, in der ich das Buch gelesen/gefunden habe:

- Buddy-Read mit: ....
- Bookstagram/BookTok: ....
- Lese-Challenge: ....
- ....

Meine Book-Hangover-Gedanken zum Buch:

Moodboard:

Meine Lieblingsfigur in einem Satz oder Zitat:

Ist das Buch plot- ☐ oder character-driven ☐ ?

SMUT / FTB

♡ ♡

Bestes Ship:

Point of View:

Schönste Message des Buches:

Titel:

Wichtigstes Trope:

Autor:in:

Ist sie:er mein:e Auto-buy Author? Ja ☐ Nein ☐

Buch / E-Book / Hörbuch

Spice-Grad:

Reihe/Band:

Verlag:

Begonnen:

Beendet:

Red/Green Flags:

Besonderheiten/Ausstattung:

- Farbschnitt
- signiert
- Character Cards
- Book Overlay
-
-

Characters/Charaktere

Athmosphere/Setting

Writing Style/Schreibstil

Plot/Handlung

Intrigue/Interesse

Logic/Logik

Enjoyment/Unterhaltung

Inhaltszusammenfassung in einem Satz:

Community, in der ich das Buch gelesen/gefunden habe:

- Buddy-Read mit:
- Bookstagram/BookTok:
- Lese-Challenge:
-

Meine Book-Hangover-Gedanken zum Buch:

Moodboard:

Meine Lieblingsfigur in einem Satz oder Zitat:

Ist das Buch plot- ☐ oder character-driven ☐ ?

SMUT / FTB

♡ ♡

Bestes Ship:

Point of View:

Schönste Message des Buches:

Titel:

Besonderheiten/Ausstattung:

- ♡ Farbschnitt
- ♡ signiert
- ♡ Character Cards
- ♡ Book Overlay
- ♡ ……
- ♡ ……

Characters/Charaktere	♡ ♡ ♡ ♡ ♡
Athmosphere/Setting	♡ ♡ ♡ ♡ ♡
Writing Style/Schreibstil	♡ ♡ ♡ ♡ ♡
Plot/Handlung	♡ ♡ ♡ ♡ ♡
Intrigue/Interesse	♡ ♡ ♡ ♡ ♡
Logic/Logik	♡ ♡ ♡ ♡ ♡
Enjoyment/Unterhaltung	♡ ♡ ♡ ♡ ♡

Wichtigstes Trope:

……

Autor:in:

……

Ist sie:er mein:e Auto-buy Author? Ja ☐ Nein ☐

Buch / E-Book / Hörbuch

♡ ♡ ♡

Spice-Grad:

Reihe/Band: ……

Verlag: ……

Begonnen: ……

Beendet: ……

Red/Green Flags:

- ……
- ……
- ……

Inhaltszusammenfassung in einem Satz:

……

……

Community, in der ich das Buch gelesen/gefunden habe:

- Buddy-Read mit: ……
- Bookstagram/BookTok: ……
- Lese-Challenge: ……
- ……

Meine Book-Hangover-Gedanken zum Buch:

Moodboard:

Meine Lieblingsfigur in einem Satz oder Zitat:

Ist das Buch plot- ☐ oder character-driven ☐ ?

SMUT / FTB

♡ ♡

Bestes Ship:

Point of View:

Schönste Message des Buches:

Titel:

Wichtigstes Trope:

Autor:in:

Ist sie:er mein:e Auto-buy Author? Ja ☐ Nein ☐

Buch / E-Book / Hörbuch

Spice-Grad:

Reihe/Band:

Verlag:

Begonnen:

Beendet:

Red/Green Flags:

Besonderheiten/Ausstattung:

- Farbschnitt
- signiert
- Character Cards
- Book Overlay

Characters/Charaktere

Athmosphere/Setting

Writing Style/Schreibstil

Plot/Handlung

Intrigue/Interesse

Logic/Logik

Enjoyment/Unterhaltung

Inhaltszusammenfassung in einem Satz:

Community, in der ich das Buch gelesen/gefunden habe:

- Buddy-Read mit:
- Bookstagram/BookTok:
- Lese-Challenge:
-

Meine Book-Hangover-Gedanken zum Buch:

Moodboard:

Meine Lieblingsfigur in einem Satz oder Zitat:

Ist das Buch plot- ☐ oder character-driven ☐ ?

SMUT / FTB

♡ ♡

Bestes Ship:

Point of View:

Schönste Message des Buches:

Titel:

Wichtigstes Trope:

Autor:in:

Ist sie:er mein:e Auto-buy Author? Ja ☐ Nein ☐

Buch / E-Book / Hörbuch

♡ ♡ ♡

Spice-Grad:

Reihe/Band:

Verlag:

Begonnen:

Beendet:

Red/Green Flags:

Besonderheiten/Ausstattung:

- ♡ Farbschnitt
- ♡ signiert
- ♡ Character Cards
- ♡ Book Overlay
- ♡
- ♡

Characters/Charaktere	♡ ♡ ♡ ♡ ♡
Athmosphere/Setting	♡ ♡ ♡ ♡ ♡
Writing Style/Schreibstil	♡ ♡ ♡ ♡ ♡
Plot/Handlung	♡ ♡ ♡ ♡ ♡
Intrigue/Interesse	♡ ♡ ♡ ♡ ♡
Logic/Logik	♡ ♡ ♡ ♡ ♡
Enjoyment/Unterhaltung	♡ ♡ ♡ ♡ ♡

Inhaltszusammenfassung in einem Satz:

Community, in der ich das Buch gelesen/gefunden habe:

- Buddy-Read mit:
- Bookstagram/BookTok:
- Lese-Challenge:
-

Meine Book-Hangover-Gedanken zum Buch:

Moodboard:

Meine Lieblingsfigur in einem Satz oder Zitat:

Ist das Buch plot- ☐ oder character-driven ☐ ?

SMUT / FTB

♡ ♡

Bestes Ship:

Point of View:

Schönste Message des Buches:

Titel: ....

Wichtigstes Trope:

....

Autor:in:

....

Ist sie:er mein:e Auto-buy Author? Ja ☐ Nein ☐

Buch / E-Book / Hörbuch

♡ ♡ ♡

Spice-Grad:

Reihe/Band: ....

Verlag: ....

Begonnen: ....

Beendet: ....

Red/Green Flags:

....

....

....

Besonderheiten/Ausstattung:

- ♡ Farbschnitt
- ♡ signiert
- ♡ Character Cards
- ♡ Book Overlay
- ♡ ....
- ♡ ....

Characters/Charaktere	♡ ♡ ♡ ♡ ♡
Athmosphere/Setting	♡ ♡ ♡ ♡ ♡
Writing Style/Schreibstil	♡ ♡ ♡ ♡ ♡
Plot/Handlung	♡ ♡ ♡ ♡ ♡
Intrigue/Interesse	♡ ♡ ♡ ♡ ♡
Logic/Logik	♡ ♡ ♡ ♡ ♡
Enjoyment/Unterhaltung	♡ ♡ ♡ ♡ ♡

Inhaltszusammenfassung in einem Satz:

....

....

Community, in der ich das Buch gelesen/gefunden habe:

- Buddy-Read mit: ....
- Bookstagram/BookTok: ....
- Lese-Challenge: ....
- ....

Meine Book-Hangover-Gedanken zum Buch:

....

....

....

....

....

....

Moodboard:

Meine Lieblingsfigur in einem Satz oder Zitat:

....

....

....

Ist das Buch plot- ☐ oder character-driven ☐ ?

SMUT / FTB
♡ ♡

Bestes Ship: ....

Point of View: ....

Schönste Message des Buches:

....

....

....

....

....

....

....

....

Titel: ....

Wichtigstes Trope:

....

Autor:in:

....

Ist sie:er mein:e Auto-buy Author? Ja ☐ Nein ☐

Buch / E-Book / Hörbuch

Spice-Grad:

Reihe/Band: ....

Verlag: ....

Begonnen: ....

Beendet: ....

Red/Green Flags:

- ....
- ....
- ....

Besonderheiten/Ausstattung:

- Farbschnitt
- signiert
- Character Cards
- Book Overlay
- ....
- ....

Characters/Charaktere	♡ ♡ ♡ ♡ ♡
Athmosphere/Setting	♡ ♡ ♡ ♡ ♡
Writing Style/Schreibstil	♡ ♡ ♡ ♡ ♡
Plot/Handlung	♡ ♡ ♡ ♡ ♡
Intrigue/Interesse	♡ ♡ ♡ ♡ ♡
Logic/Logik	♡ ♡ ♡ ♡ ♡
Enjoyment/Unterhaltung	♡ ♡ ♡ ♡ ♡

Inhaltszusammenfassung in einem Satz:

....

....

Community, in der ich das Buch gelesen/gefunden habe:

- Buddy-Read mit: ....
- Bookstagram/BookTok: ....
- Lese-Challenge: ....
- ....

Meine Book-Hangover-Gedanken zum Buch:

Moodboard:

Meine Lieblingsfigur in einem Satz oder Zitat:

Ist das Buch plot- ☐ oder character-driven ☐ ?

SMUT / FTB

♡ ♡

Bestes Ship:

Point of View:

Schönste Message des Buches:

Titel: ....

Wichtigstes Trope:

....

Autor:in:

....

Ist sie:er mein:e Auto-buy Author? Ja ☐ Nein ☐

Buch / E-Book / Hörbuch

Spice-Grad:

Reihe/Band: ....

Verlag: ....

Begonnen: ....

Beendet: ....

Red/Green Flags:

....

....

....

Besonderheiten/Ausstattung:

- Farbschnitt
- signiert
- Character Cards
- Book Overlay
- ....
- ....

Characters/Charaktere

Athmosphere/Setting

Writing Style/Schreibstil

Plot/Handlung

Intrigue/Interesse

Logic/Logik

Enjoyment/Unterhaltung

Inhaltszusammenfassung in einem Satz:

....

....

Community, in der ich das Buch gelesen/gefunden habe:

- Buddy-Read mit: ....
- Bookstagram/BookTok: ....
- Lese-Challenge: ....
- ....

Meine Book-Hangover-Gedanken zum Buch:

Moodboard:

Meine Lieblingsfigur in einem Satz oder Zitat:

Ist das Buch plot- ☐ oder character-driven ☐ ?

SMUT / FTB

♡ ♡

Bestes Ship:

Point of View:

Schönste Message des Buches:

Titel: ....

Wichtigstes Trope:

....

Autor:in:

....

Ist sie:er mein:e Auto-buy Author? Ja ☐ Nein ☐

Buch / E-Book / Hörbuch

♡ ♡ ♡

Spice-Grad:

Reihe/Band: ....

Verlag: ....

Begonnen: ....

Beendet: ....

Red/Green Flags:

- ....
- ....
- ....

Besonderheiten/Ausstattung:

- ♡ Farbschnitt
- ♡ signiert
- ♡ Character Cards
- ♡ Book Overlay
- ♡ ....
- ♡ ....

Characters/Charaktere	♡ ♡ ♡ ♡ ♡
Athmosphere/Setting	♡ ♡ ♡ ♡ ♡
Writing Style/Schreibstil	♡ ♡ ♡ ♡ ♡
Plot/Handlung	♡ ♡ ♡ ♡ ♡
Intrigue/Interesse	♡ ♡ ♡ ♡ ♡
Logic/Logik	♡ ♡ ♡ ♡ ♡
Enjoyment/Unterhaltung	♡ ♡ ♡ ♡ ♡

Inhaltszusammenfassung in einem Satz:

....

....

Community, in der ich das Buch gelesen/gefunden habe:

- Buddy-Read mit: ....
- Bookstagram/BookTok: ....
- Lese-Challenge: ....
- ....

Meine Book-Hangover-Gedanken zum Buch:

Moodboard:

Meine Lieblingsfigur in einem Satz oder Zitat:

Ist das Buch plot- ☐ oder character-driven ☐ ?

SMUT / FTB

Bestes Ship:

Point of View:

Schönste Message des Buches:

Lese-Challenges

Neue Bücher zu finden hat einen ganz besonderen Reiz. Mit diesen Challenges dringst du ins Herz von BookTok vor und widmest dich vielversprechenden Debütwerken und potenziellen neuen Auto-Buy-Autor:innen – oder du kannst nach und nach deinen eigenen SuB abbauen.

Diese Lese-Challenges habe ich geschafft:

Buddy-Read-Challenge:
Erstelle und meistere deine eigene Goodreads-Challenge.

ABC-Challenge:
Lies dich durch das Alphabet in 26 Buchtiteln.

Around the Year in 52 Books:
Lies ein Jahr lang jede Woche ein Buch von deinem SuB.

Book-Tarot-Challenge:
Ordne 22 Bücher den Karten der Großen Arkana zu.

SuB-Senioren:
Lies die 10 ältesten Bücher auf deinem SuB.

Around the World in Books:
Besuche alle 7 Kontinente mithilfe von Büchern.

Serial-Killer-Challenge:
Lies alle Reihen auf deinem SuB fertig, die du bereits angefangen, bisher aber nicht abgeschlossen hast, die also aktuelle Bücherleichen auf deinem SuB sind.

Around the World in Authors:
Lies dich durch die Welt mithilfe von Autor:innen aus allen 7 Kontinenten.

Readathon-Challenge:

So viele Bücher möchte ich lesen:

So viele Bücher habe ich geschafft:

Monats-Motto-Challenge:

Überlege dir für jeden Monat des Jahres ein Motto, mit dessen Hilfe du dich durch deinen SuB liest.

Debüt-Challenge:

Lies ein Debüt eines:r Autors:in, den:die du vorher nicht kanntest.

Stranger-Books-Challenge:

Lies ein Buch eines Genres, das du nicht auf deinem SuB liegen hast.

Lese-Challenges: Tropes

Diese Lese-Challenges zu spezifischen Tropes habe ich geschafft:

Enemies to Lovers:
Hate turns to love. Kann aus einer Rivalität auch Liebe entstehen?

Forced Proximity:
Gezwungenermaßen Zeit miteinander zu verbringen, vielleicht ist das ja doch nicht so schlimm?

Friends to Lovers:
Sind sie beste Freunde oder steckt da doch mehr dahinter?

Fake Dating:
Fake it til you make it, oder eben bis du dich verliebst.

Love Triangle:
Beide scheinen so perfekt, doch am Ende kann es nur einen richtigen geben.

Why Choose:
Warum sollte man sich zwischen zwei entscheiden, wenn man auch beide haben kann?

Opposites attract:
Gegensätze ziehen sich an, das ist jedenfalls, was alle sagen. Aber funktioniert das auch wirklich?

Found Family:
Wenn Freunde zur selbst ausgesuchten Familie werden.

Grumpy x Sunshine:
Mürrischer Einzelgänger und warmherzige Frohnatur, das kann ja nicht funktionieren, oder etwa doch?

Age Gap:
Ist eine Beziehung trotz des großen Altersunterschieds möglich?

Second Chance:
Kann die zweite Chance ein Happy End ergeben?

Slow Burn:
Nur noch 40 Seiten und der erste Kuss lässt immer noch auf sich warten!

He falls first:
Frauen verlieben sich doch immer zuerst – aber stimmt das wirklich?

Best of

Meine Top Ten Reads

Meine Top Ten Book Accounts

1

2

3

4

5

6

7

8

9

10

Meine Top Ten Tropes

1

2

3

4

5

6

7

8

9

10

Meine Top Ten Leseplaylists

1

2

3

4

5

6

7

8

9

10

Meine Top Ten *Ships*

Best of

Meine Top Ten Book-Boyfriends

1

2

3

4

5

6

7

8

9

10

Beste Book Events: meine Erinnerungs-Galerie

Hier kannst du deine tollsten Erinnerungen an Book Events, Autorentreffs und vieles mehr für dich festhalten. Welche dieser Erinnerungen sind es wert, in deine Bücher-Schatzkiste zu wandern?

Beste Book Events: meine Erinnerungs-Galerie

Did-Not-Finish-Graveyard

So wundervoll es ist, neue Bücher zu entdecken, wissen wir doch auch: Manchmal ist es einfach *not worth it*, Bücher zu beenden, die uns einfach nicht mitreißen, durch die wir uns geradezu durchquälen müssen, um letztlich doch nur bis zur Hälfte zu kommen. Welche Bücher landen bei dir auf dem *Did-Not-Finish-Graveyard*?

Besuchen Sie uns im Internet: www.pattloch.de

MIX
Papier I Fördert gute Waldnutzung
FSC® C164814

Bildnachweis Cover und Innenteil: Shutterstock.com

Projektbetreuung: Stephanie Linke, Pattloch Verlag
Gesamtgestaltung: Doris Wohofsky
Satz: Christine Rehmann

Gesamtherstellung: Elma Printing & Finishing, Istanbul

ISBN 978-3-629-01554-9

Kontaktadresse nach EU-Produktsicherheitsverordnung:
produktsicherheit@droemer-knaur.de

2 4 5 3 1

WULI
CR
NA
DNF
MC
WTR
WULI
CAWPILE
BR
SMUT
SUB
CA
WULI
OTP
WTR
WULI
NA
MC
CAWPILE
OTP
WTR
TB

DNF
CAWPILE
HEA
FTB
SMUT
CR
SUB
WULI
WTR
OTP
NA
TBR